沿着祁连山行走

谢荣胜 著

南方出版社

图书在版编目(CIP)数据

沿着祁连山行走 / 谢荣胜著. -- 海口 : 南方出版社, 2023.9

ISBN 978-7-5501-8577-7

Ⅰ. ①沿… Ⅱ. ①谢… Ⅲ. ①诗集－中国－当代 Ⅳ. ① I227

中国国家版本馆 CIP 数据核字 (2023) 第 182782 号

沿着祁连山行走

YANZHE QILIANSHAN XINGZOU

谢荣胜　著

责任编辑: 高　皓

出版发行: 南方出版社

邮政编码: 570208

社　　址: 海南省海口市和平大道 70 号

电　　话: (0898) 66160822

传　　真: (0898) 66160830

印　　刷: 三河市华东印刷有限公司

开　　本: 880mm × 1230mm　1/32

印　　张: 8

字　　数: 180 千字

版　　次: 2023 年 9 月第 1 版

印　　次: 2024 年 1 月第 1 次印刷

书　　号: ISBN 978-7-5501-8577-7

定　　价: 69.00 元

目录

祁连山（长诗节选）

1

“岭上何年雪，炎夏却未消”
沉静中就这样悄无声息，
累积着它的经历、它的成长、它的命运、它的本真、它的梦想
抱着阳光、吸纳着月光、覆盖着云的衣裳
这呈现的青蓝色，
从没有在岁月里翻起身

土匪和信徒都是一样的
一样的奔波和疾走

暮夜、黄昏、清晨、云、雨都是一样的
一样的冰凉和气息

我几乎每天都被这无边的庞大感动
让我觉得灵魂的污浊毫无分量
让我的诗歌充满平静的激情和潜伏的力量
积雪这样的词，
让我的诗歌时常充满光亮

2

“祁连”古匈奴语天山的音译
裕固尧熬尔也叫腾格里杭盖
青藏高原、蒙古高原、黄土高原合围
崇岭叠嶂、山岩陡耸、险峰沟壑、宽广腹地、
冰雪峰岭
最高处 5547 米
长约 800 公里、宽在 200—300 公里

山中生活过的民族我所知道的是：羌人、戎人、狄人、乌孙人、月氏人、匈奴人、党项人、回族人、土族人、藏族人、哈萨克人、裕固族人、蒙古族人……

给它留下诗篇的诗人有：王之涣、王瀚、王维、李颀、高适、岑参、阴铿、李益、林则徐、李老乡、林染、阳飏、叶舟……

我去过的发源于祁连山有名字的河流是：西大河、东大河、黄羊河、杂木河、金强河、黑水河、石羊河……

河流下的水库有：十八里水库、南营水库、西营水库、毛藏水库、党河水库、昌马水库……

仍在传经送法的寺院：天梯山石窟、莲花寺、马蹄寺、松山寺、天堂寺、康隆寺……

山中暗藏的峡谷：窟窿峡、金沙峡、朱岔峡、先明峡……

高峻的奇岭：九条岭、乌鞘岭、炭山岭、五台岭、冷龙岭、岗森岭……

防守的城堡：新堡、张义堡、高沟堡、朱王堡……

无数林场：哈溪林场、夏玛林场、冰沟河林场、石门林场、祁连布尔智林场、莫科林场……

风吹草低见牛羊的牧场：马莲牧场、松山牧场、西大滩牧场、湟城牧场……

林场的树种：青海云杉、细树云杉、桧柏、山杨、红桦、白桦、大小叶杜鹃、山光杜鹃、金露梅、珍珠梅、黑蔷薇、野樱桃……

动物：雪豹、雪鸡、马鹿、青羊、蓝马鸡、白牦牛、野黄蜂……

植物和药材：紫花苜蓿、雪莲、冰草、羌活、秦艽、黄芪、甘草、柴胡……

矿藏：磁铁矿、铜矿、金矿、镍矿、无烟煤矿、铁锰矿……

……

无数耕地、无数村落、无数山寨、无数河谷、无数大坂、
无数海子，对于庞杂、丰富、神秘的祁连山
我的深入和记录永远是有限的
它的面纱自己也一时无从揭开

3

雪山擦拭着我每天的生活……
每天，雪山擦拭着我的生活

4

雾比雨先到了
雨比我先到了

黄昏比脚步先到了
秋天把我堵在祁连山脚下
选择是多么难

草地隐藏海子
山谷隐藏马兰

松林隐藏着绿风
河流隐藏了白雪

云朵隐藏了青山
雾岚隐藏了祁连

5

光阴在山中缓缓地踱着方步
匆忙和缓慢
没有什么不同，几乎没有什么不同
这与祁连山的性格是合拍的
通常因为这里的湿润和寂静
我倍感心中的冰凉
我和祁连山的交流
来自云朵和雪峰
来自植物和河流
我走过，我爱过，我浸在其中
我用心去丈量它的宽阔、厚重、神秘

15

这必然来临的，时钟的短暂停留
村庄、河流、松林、雪峰
寂灭了

故乡
恬静柔和
一颗平静跳动的心脏
河西大地深睡的呼吸

无论睡着
苏醒
光阴总是一样流过
逝去

下岗者
这一刻是最真实的
大铁炉子上
热气腾腾的红薯
为他修订新的生活

寂灭和复苏的
在婴儿的啼哭中

其时我在静观落日
漫漫跌入山的更远
一如吹落

17

人世间的光阴
谁有谁的一块
淘金人、偷猎者、盗木贼
挖走山中多少积累

18

一只直立的羊现身草甸
裹着毡衣的牧人
是清晨的第一声问候

露珠铃铛
阳光碰响

迟缓的蜜蜂
一个窗口一个窗口敲开遍野的碎花

祁连山腹地的草原
这九月的瞬间
牛粪炊烟
洇染山巅

森林之蓝
雪山之青
我的呼吸中夹着冰块

19

我喜欢给透亮的祁连雪山打招呼
清晨，隔着清新的空气和树枝
我总是对雪山和每天的生活说
你早
你好
看见雪山，心里就沉静和踏实了
如一面镜子
映照着每个人的言行和生活
哪怕是轻微的呼吸

我把祁连雪山比喻成我的父亲
这是确实的
我们的心跳总有相同的节拍

夏牧场和冬窝子的迁徙
裕固和藏民
族人的流浪

祁连马灯
青藏牧场
游走四方

马头琴的记录
埋在心里的一座敦煌

25

僧俗一样的山中

寂静之静
也是大幸

寂寥无言
比说出的更远

看到了几许，又有许多终生无法知晓
梦和谜需要慢慢开解

可能的只是她神秘、幽深、雄奇地存在
只有我每天的仰望
偶尔地深入
偶然地穿行

28

不可预知的生活
总有紫杜鹃、马莲、松林、露珠、山谷陪伴

天黑了
祁连山总亮着

没有颓废，总是神情饱满
搭建干净的日子

29

雪山给我最冷静的暗示
无论如何

要走路、要去爱、要面对充满矛盾的每个日子
敢接受沉重
虚无和怀疑
在清晨出现
黄昏消失

30

钟声的蜜
从天梯山石窟寺院
流经凉爽之清晨
拌上几把阳光
把我和真实的生活联通
这九月的甜
一下又一下

32

有没有痛、有没有伤。
我是问自己，还是问那一地的冰凉
有爱却要沉默，有恨还要平静
一尊无边大佛
胸中化解一切

祁连山腹地的众多寺院
稠密连绵的钟声
清洗着积雪、松林、牧场、草甸、尘埃
我。清晨。黄昏。梦。

35

秋天的祁连山中
我是盲目的漫游者
和一只甲壳虫没有什么区别
之所以盲目是幸运的
一座座凉爽宽阔的山坡
一条河流
一棵棵野花
有我的路和无意的相逢

36

祁连，祁连
张义川

草湖滩
大佛直指磨脐山
黄羊水库深藏蓝
众生如蚁云朵散

37

一个、一群自言自语的巫婆
她们的秘密，没人能懂
清晨、黄昏，一团阳光下的白霜
偶尔现身，突然消散

风掀动命运的路径
人猜不透她们的气息

38

哈溪　头顶的雪、松林
覆盖着平常的日子
一个回民，一个藏人，一个汉人
不同的服饰，不一样的花儿
远远想起了哈溪
远远地想起一个心疼的人

祁连山深处
一辆辆班车和他们交流

一群牛、羊、溪水、寺院和他们相伴。

39

神一样的人，
下山来。
带着一身的花、流水和松脂
一粒洁净的尘埃
飘浮、无处容身
还要回到山中的黄昏
允许埋藏隐秘的地方

40

湿青、淡青、深青。青海的群云流泻
带来多少清洁的温馨的怀恋
青绿祁连山

一个人一生命运中提炼出来的那些颜料和色彩
那些暗的累积和亮的光影
反复融合，反复出现，反复消失

阳光轻轻走过
把青绿祁连山变幻得更加真实
比黄昏中更加接近人类
因我们看见绿荫深处的小村庄
抒吐着炊烟
捧出羊群
和鸡鸣狗吠

52

我心里九月隐约地松动
是黄羊河水库柔静的波纹
此时我在祁连山腹地歌唱
和祁连山黛青的倒影
在水中像什么
暮色的浸染
我和树林、寺院、群山
几乎没有什么区别
我看见、听到和呼吸的
他们也都一样
我的生存半径不足一公里
每日却能听到雪山古松的低语
这静是我仰望祁连山时的心境

这静是大自然的清洗

53

那个慢慢等我的人
淹没在哈溪的暮色中
我的痛结冰了

被暮色淹没的人
被等待霜冻的人
他无法向时间、河流、松林、绿色
命运说出什么

54

祁连山西大水林场的守林人
他的眼里只有雪峰和松林
他听得到的是流水和鸟鸣。

对我们来说
他是一个聋子或哑巴。

如同山中的寺
如同寺中唯一的僧人
或者是不屑与我们谈论的神

对于这种持久的沉默
在雪山、森林、河流的源头

他与这暗绿或黛青的色调是一致的
一个守林人
一个守护着自己灵魂的人

55

张义堡赵旭锋的凉州小调
把五色细碎的粉团花撒得
密密匝匝，落满黄羊水库沿岸

铁穆尔的裕固牧歌
洒在尧吾尔人的皇城滩
把油菜花香
涂满初夏的祁连山腹地

驻扎临水黄泥堡孙江的酒歌
让山影幢幢
像远逝的河流和山谷
有些摇晃和虚幻，甚至迷离
却满含真实生活的烟火和人间气息

青海
马尕扎的回族花儿
远了，远了，飘远了
赛过飘雪的白牡丹

这些声音的脚印
在祁连深谷留下永远的回荡

56

常年生活的牦牛
因白雪终年的浸染
也改变了自己生命的颜色
这些云朵和雪的移动
常年在天祝的镜框里
巡游

57

晨光的窗帘轻轻拉开
西部儿女
被早起的母亲喊醒

祁连雪峰下
开始了一天真实的生活
奔波、劳顿、下岗、歌哭、幸福
甚至深陷细琐之中

神秘的力量始终搀扶着、陪伴着
没有击倒的、没有倒下的
影子和祁连山重叠

晨光中奔跑的祁连山
矫健的身影给了我力量
给了我人生合适的速度

59

青海云杉、阔叶松、白桦树
祁连山中，我喜欢和这些树在一起
我要学习他们在清晨吸收新鲜的空气
把阳光亮亮地别在树冠上

我喜欢和这拥抱成团的树林在一起
它们无尽变幻的隐秘，扩胸容纳一切
深夜、祁连山的私语和歌唱
青海云杉、阔叶松、白桦树

夏日宁静的午后
秋天缓慢的黄昏
镀亮她们金蓝的神秘

我喜欢和这些树在一起
地汽蒸腾、潮湿、落叶腐烂
映衬的生活
暮色中，为松软的散步
辟开一条小径

她们养胖了雪水
她们给野蜂储藏了甜蜜
她们擦净了七星瓢虫的斑衣

她们单纯、沉静
四季如一的坚韧
有时弯腰
有时低头

这是她们对生活和生命的致敬

62

短暂的停顿
一只蜜蜂，一个人的叹息
牧人的雪
从清晨到黄昏
月光漫长的素珠莲峰
我的等待会和您的有什么不同

65

松香下
鸟儿手执经卷

蘑菇后面睡觉的野菊花
被长腿的蝗虫蹬醒

匈奴人
无法带走满山秀色
一座大山
豆大的松鼠
远方的青海

66

来自哪里　将去何方
过去的人，过去的事，过去的七星瓢虫，过去的花的暗香
今夜在哪里住宿？

打翻的往事的蓝墨水瓶子
什么都没有呈现
一朵紫色碎花的温馨不见了
一只甲壳虫爱情的行程消失了

心空了
这岁月失修暮晚的古渡
只我一个人，多年
失神地被月光一次次刷新

67

在露珠上
在星宿上

在一条河上
在山林的落叶上
在您的心上
我和一只蜜蜂的交流，是流畅和轻松的。她隐蔽的故乡和家，多么甜蜜。没有人知道的隐秘是如此甜蜜。她的爱情会分给有爱和有情的人
寂静山林就是一座寺院。一座座寺院的寂寞是长还是短？秋天的这束阳光照亮的必将是小小的一粒尘埃
一个野花的孩子为我唱歌。她湿润的嘴唇上是昨夜的露水。能听见的是祁连雪峰和肃南草原
我的内心全是方向。河边起程，风会吹向哪里？偏近我的心脏。命运不会有谁清楚，他遥远的路线
星宿下的云的羊，或许能把他们带向命定的一天；或者永远在路上，因为没有说出；或者永远在沉默的河流

68

其实不应当这么说
在祁连山中
一天就有春夏秋冬的四匹马车在林荫和雪峰下不停奔走
只要您听见溪流的铃铛，偶尔他们也会偷偷睡着在白雪的棉被下面做梦
这只是漫长时光中的小小场景
就像家人住在身边，您并不在意
却突然对远方未曾谋面的亲戚充满向往和期待
其实我们往往忽略着缠绕身体的爱情和幸福
清晨露水拥抱的马莲和松针
他们眼底纯净的阳光
温暖着我，我的感动，和那甘甜的野浆果没有什么区别
我不知道每个人内心的秋天到底是寂寞还是收获

人生的暮年
飘散野花淡淡的清香和一缕缕村庄写下的炊烟

深夜里享受秋日的鸣虫、星宿、一豆灯火、心跳
相忘于江湖，相忘于山林，相忘于清凉

大地无私藏，人类有安详
人们从蜂巢中取走的
其实就是自己的积蓄

产业扶贫纪事之一

马牙雪山，放牧白云，栽种雪
为抓喜秀龙南泥沟村
孵出一顶顶蘑菇帐篷
“三变”（资源变资产、资金变股金、农牧民变股东）
让牧民旅游合作社
把贫困的帽子收进草原记忆博物馆
是要感恩草原、感恩大地、感恩一花一草一木
感恩阳光、感恩雨水
……
此时，太阳把白牦牛赶上 3500 米草甸
如织游人，草原吸氧练肺人们
远远看到了灌木丛出入的鸟鸣

入夜，月亮这顶晕染铜镜
照黑了草原，越来越黑

那顶帐篷里冲出的酒歌
如流浪孩子找到了母亲

星辰中的光芒和繁华
是明天的露珠和格桑

产业扶贫纪事之二

兰州百合　青海藜麦　陇西党参和柴胡
远远地从全国各地
来到祁连山中
把自己一生和后代从此嫁给哈溪镇团结村
交付给青绿色哈溪

雪山轻抚
云水环绕
这里不光是马莲花、狼毒花、香柴花、杜鹃花、土豆花的世界
他们为花儿带来了伙伴
让阳光有了更多选择
让露水多了落脚场所
为蜜蜂开辟了一条条甜蜜道路
他们要把贫困一点点挤出村庄

从那新修的山里缠绕的水泥路上
把他们送走

就如土地在雪山下紧紧拥抱在一起
就如青稞离不开哈溪这片土地
就如哈溪河流把清晨黄昏缝在一起
就如弯弯炊烟就出生在这个村子里
就如这个旧了的村庄就是那些牛羊之父母亲
他们无法走出这片天地
但从现在起他们有了新的选择

产业扶贫纪事之三

把木栈道镌进雪山
镌进松林
镌进白云
镌进祁连山深处
镌进鸟鸣
镌进金银露梅花香
镌进清晨露水
镌进黄昏落日
镌进薄凉清风

用水粉作画，在风景上
这需要多好的手笔、功力
不能惊动雪山、松林、白云、祁连山、鸟鸣、花香、露水、落日、清风
不能挪动任何一片光阴和寂静

请轻些
请慢些
请静些
伴随河流和星空
悄然出现
似乎一切来自大自然

日记：驻村书记的一天

一条条绿风扫过来，扫过去的白亮水泥路
风吹哈达，挂在团结村脖颈上
隐入松林中

自来水一路跟着
停在村卫生室
拍打着跋山涉水的疲惫

农家书屋乡音朴素的朗读
惊起鸟雀
惊飞了贫困村的旧年尘埃和风雨

祁连深山里
第一书记康宝年
骑着摩托车

把“一户一策”资料袋挂在吴爷家的书房门后面
把享受政策清单贴在了书房屋正墙上
房屋安全牌、饮水安全牌钉在庄门上
比自己家的路还熟
284 户建档立卡户
不仅要心里清楚
不仅要输入大数据平台，反复对比
还要找到贫困的根源
还要拔掉贫困的根子

扶贫考核之老党员吴斌谈话记录

再尕的苍蝇也有个小花脸[①]呢
我们要一挂[②]懂得感恩党
共产党免去了我们几千年的皇粮国税[③]
现在给我们发工资[④]呢

帮扶工作队康书记
带领我们全村党员
我们老党员带动新党员
党员带领着大家扶贫脱贫呢
再好的政策
也要靠自己两只手干呢

---

① 藏族俗语，指人的脸面。
② 全部。
③ 农业税。
④ 农村六十岁以上老人发放养老金。

接祁连岔山村马组长电话纪事

山路是一条麻绳
蜿蜒祁连群山之中
深山老林里
有雪山、林场、草甸、河谷、流水
抹不去的故乡

与外面世界离得太远了
一场雨雪，足以让病人等着故去
孩子们坐着摇摇晃晃的三马子
在哈溪、华藏寺上寄宿制学校
半月回家一次
退牧还林，简单几个字
就要割断祖祖辈辈脐带

要移民下山入川、到黄羊河农场、杂木河林场

老人们不肯离开土坯房和牛圈
要背井离乡，这么沉重的字眼
我几乎能看到他们满脸的泪水

宽阔的房屋、自来水、乡村柏油路
学校、果园、医疗所、文化活动室。
大多数人已在凉州河东乡荣兴村入驻，
抬头几乎能看见雪山下的村子
有点舍不得
但还是搬下来好

清水小康村纪事

都搬进小康住宅楼房了
只是池塘、大口井、清水河
还在旧村落

菜地、牛圈、柴草、粪堆
鸡搬不过来

站在阳台上，眺望田野
像飘在空中的叶子

下了楼
坐在老庄门的树荫里
有风吹过苜蓿和泥土花香
才感觉到有些凉爽
才触摸到乡村真实生活

留住：我的梦

留住故乡和土坯房
青山、林子、苜蓿地
溪流里的狗鱼
弯弯炊烟
野花小径
金黄油菜地和蜜蜂
槐花香、土豆花
屋檐上的腊肉和酸梨
清洁月光
安放我的乡愁

保住这些地名，水月坪、泉湾、南沟、磨子地、王家山
不要让我的回忆背井离乡。

康乐草原

我为什么会爱上这个鼻尖上有几粒雀斑的女孩
我为什么会爱上康乐草原细碎的野花
那叫不上名字的花
我宁愿叫它小猫　小狗
我爱这份真实　自然和不事雕琢
这没有剪草机　高低起伏的草原
教会我生活和诗歌都应该简单

丝绸的路上

一个人一生可能有必须要去的地方
命运的马车和北斗七星带着您

我们所了解的隐秘只是秘密的一部分
祁连雪山之白，和昨日之白显然不同
人如野花，草木一秋

苏武、张骞、鸠摩罗什……
匈奴、羌人、大小月氏、西夏人
今天，他们在哪儿
或许石窟、寺院、长城、烽燧
就是他们的乳名身上的胎记

天马和锈蚀箭镞打开的门
很快就关上了

胡桃、胡萝卜、胡旋舞、胡笳
苜蓿、葡萄、凉州词
还在生活的大河里流淌
这条路上的星光
他们从来就没有停止过闪烁

疏勒河

我只想学您的胸怀
宽阔的，什么都能容纳的
不只是山山水水、一草一木的
收纳了更多的我们无法看见的和洞悉的秘密

如果能映照雪山
一只鹰骨头烟斗吐出的烽烟
一位戍边战士酒杯中的篝火
美人胭脂中的泪水小河
一切都波澜不惊

每个人就是自己的河流和方向
每个人都会有自己的一条向西的河流
属于雪山的、敦煌的、丝绸的、绿洲的、佛的

听古曲《阳关三叠》

古琴、瑶琴、玉琴、天鹅琴
瑶琴上的七条月光之路

长安万户捣衣
陇西千骑出行
凉州七里十万人家

守关人最后没能守住一批批涌入时光
士兵攻击了自己生命软处
留下边塞《凉州词》之孤旅在狼烟里越来越远
我是行人，更送行人去

一叠渭城春雨
二叠丝绸叮当
三叠梨花带雪

寺院、石窟、壁画
让柔软人生更加宽阔

夕阳篝火下
几只鹰
一声喊出了二胡一般的孤单

张骞西行

从陇西晨露出发
骑马、步行，或坐牛车……
穿过沙漠、雪山、大野、丛林、边塞
不为人知之路径
不可预知之命运

朝向：星月苍穹、无际西域、大月氏、匈奴天山

苍鹰孤鸣
暮色狼烟
一程一程

北斗七星指引十三年
大雁去了又回
牧草黄了又青

梦里挑灯看剑
醒时仰望长安

人间孤旅
在祁连山和丝路琴弦上
弹拨了悲凉一生

青羊三叉眺望黄昏的祁连雪峰

苍松翠柏更青了
雪峰由高渐低陆续暗了
一群屏声静气的人都淹没了

鹿鸣亮了　山谷中久久徘徊　不愿回家
苍狼亮了　宽阔草原和松林打磨出尖利的喊声
溪流亮了　天鹅琴低沉地穿过暮色
眼睛亮了
心亮了
山顶的月亮更亮了

祁山村纪事

胡杨林、雪山水库、黄羊母子、祁山村
哽咽的花儿漫出倾斜的步履

白帽子的贩子
剔骨的尖刀明晃晃地表演
生计，让他们割断另一场生命的活路

赵旭锋的五十一只羊
王更登加的十六头牛
贩子的心肝、贩子的肺

他们宰杀了一座座雪、一朵朵云
我在清晨看见这些
我在黄昏失去
牛羊舔我手足的亲近

和它们膻味的气息

又少了一座雪峰，又少了一朵朵白云
草甸、灌木丛、张义河
又失去了一位位可依赖的朋友和亲戚
少了又怎么样，不少又怎么样？

来的班车去了哈溪，拉来了牛羊贩子
去的卡车到了武南，一车的牛皮在风中呻吟

远眺岗什卡雪山

一头牦牛扛着暮色帐篷，
它要去哪儿

群山寂静，群山安静
一个裕固族人，沉默而明亮
鄂博方向是心上的路

邮递员达隆东智和摩托车
还在沟壑中走着蚂蚁人生

中草药似乎也无法医治山中寂寞
一匹小公马它是多么孤单

落日转经筒
让群峰之手一天天送进
岗什卡雪山深处

皇城草原，偶遇一架牛头骨

相对于百花、草甸、青色山峦、峰顶积雪
牧民留下的土坯冬窝子
如一块补丁缝在皇城草原

塌陷之墙豁口上
一架牛头骨面朝雪山张望、等待
它能看见什么，青山、百花、流水

其实有谁留意了它的存在
除了青山、百花、流水、石头上黄色锈斑
和曾经剥下皮子的主人

空旷等待，如此迷茫
又有对看清谜底后的失望

一缕青草风穿过牛头骨
是牛在说话
还是风代表牛低吟

阿尼万智雪峰

牧羊人，带着雨具和抛石绳
从阿尼万智雪山归来
圈窝还在那里
牧羊犬还在那里
神和俄博还在那里

更登指着远处一峰雪山和云说
那是我的羊
他在放牧青山和流水

细水河——
一根月光丝线
要为匈奴姑娘缝成一件绸缎嫁妆
需要多少积雪

面对雪峰
我想卸下心里的冰
换取千尺雪山寂寞和沉静
做成春夏秋冬衬衣
早晚穿在身上
独饮青稞芳香
和雪之冰凉

河子沟草甸，和牧羊人扎西交谈

祁连山河子沟草甸
圈窝前
我问扎西，小孩在哪上学
他说坐班车去华藏寺上
扎西说这五十多头牦牛和一百多只羊
都是自家孩子

的确，羊圈干干净净的
牛圈干干净净的

扎西的牛羊和他的牙齿一样白
和他的笑一样亮清

他把青燕麦，早早割下来，储存绿
为孩子们准备过冬

扎西说，这么好的草，这么好的水，这么好的空气

扎西把一粒落日，按进鹰骨烟斗
他的河子村也吐出一口弯弯炊烟

皇城水库

祁连静坐，垂钓
水洗云朵、积雪山峰、金黄油菜
天鹅琴上的浅蓝色故乡

十八个麻花辫子的裕固族丫头
眼睛里有两座皇城水库
和童年清澈

她亮亮眼神
飘过蜻蜓闪光脊背
伸向远方雪山

皇城草原之剪羊毛的阿妈拉

剪羊毛的阿妈拉
她把雪挂在栅栏上晾晒

劳作是诗意的，其实是繁重的
汗水淌红双颊
时光剪短身影

她无暇顾及身边美景
更多关心羊毛价格

她是藏民还是裕固遗族
叫不叫卓玛已并不重要
从她熟稔动作中
我感觉她就是祁连深处草原女儿

远处红衣喇嘛
次第打开潮湿经卷

百花掌草原之老虎沟

百兽之王，山环水绕　草抱花盖
不见其踪
雪水冲击巨石是他的咆哮
身影带着风声
隐藏山林青色
其时，这一切让内心老虎顿时安静下来

皇　城

一截丢弃草原的马莲草绳
是夏日斡尔朵的护城河吗
牧马城，睡在砖瓦碎片上
琉璃瓦当抱着戎羌白霜
不见高昌王
东大河息息流淌

百花掌草原

匈奴狼毒花
悄然占领百花掌草原

金露梅
草原蓝天上稠密星星

山中土匪旱獭
运出湿土，留下草原伤疤

三只胡鹫，轮流主持旅人眼睛
一只背走云朵
一只远遁青海
一只楔子般砸进青色叠嶂

一万粒鸟鸣

一浪浪飘过来
山谷、草坡、花海她都能爬过来
不留任何足迹，搬运草原幽静

一遍遍洗肺的人，还在山顶

写生，百花掌草原突遇暴雨

祁连山以南
百花没脚
露水抱紧裤腿

云突然抛下提着的雨水
落雨成雪，草甸遍野银珠

雨线下，五色雨披和伞
移动之花
有美人，深怀爱情，在暴雨里没有语言和距离

此刻，祁连山以北
山河隐藏暮霭
阳光扯起万亩金黄油菜

百花掌草原，路遇层层铁丝栅栏

退牧还草补助割碎一块块草场
我不相信
它能把如此热烈纠缠狼毒花爱情
硬生生分开

一把月牙镰刀
长满老年斑
躺在铁栅栏一角
退出生活经场景
给牧业画上句号

我无法拭去一只羊眼角失去祖国的泪水
我看见王更登加和牧羊犬走在乡愁孤独边缘

祁连布尔智，马莲滩纪事

祁连布尔智草原
一群群细腰马莲
别着幽兰发卡
追逐青草风

腮上抹着露水胭脂
淡淡蜂蜜香水和少女体香
散落清晨山谷

这得多少吨月光纯银锻打
还需多少方雪水遍遍清洗

她收藏了山里无数秘密和欢爱

突然让祁连布尔智陷入宁静的
是一声鸟鸣

祁连布尔智风物之白牦牛

是云落在祁连山顶
还是雪在那里睡眠

祁连山中，在 3250 米卡什顶
扯下一片云朵披在身上
清风徐徐穿过人生疆场

那个穿着雪的牦牛
把我认成他的亲人
是的，我们都是大自然之子

祁连山山居

清晨，鸟鸣敲醒木窗
雪水河一遍遍清洗身体和日子

修一座寺院，只一个人
钟声在湿润翠绿中拨不出双脚

劈松木柴，一刀，一刀，一刀

用去一整个黄昏落日火炉
熬煮　瓦罐　雪水　野菊花茶
月亮的勺子，慢慢调匀

枪杆河弹拨山谷马头琴弦

点燃牛粪取暖
放牧袅袅炊烟

山行之祁连布尔智草原

心上植一方山水，草甸，雪云朵
宽阔人生

这个露水村庄，我从没来过
黛青山谷，依旧沉静
害羞男孩，在自己童年
不知要洗去脸上泥斑
还是要和那只小羊抵仗

两粒蝌蚪眼睛
盛着青色山岗、灌木丛、松林、马莲、杜鹃

清澈明亮少年
留下我的影子

滑腻青苔，摸透此刻心思

祁连山见闻

其实有更多匈奴弯刀和看不见的苍鹰
他们躲进寒光
驻扎山之皱纹帐房
土拨鼠一样

雪山擦拭的生活
羊肠小道系着灌木丛

一只蚂蚁在蘑菇帐篷下呼呼大睡
这个匈奴信使
相忘于山水
此刻他一定是自己的王朝和天子

祁连丹马草原

要是去年的马莲
要是去年的恋爱
要是去年的草原
要是去年的雪水

其实是今年的丹马草原
细水河、蓝马莲、爱情
少了去岁柔软
平添今日沧桑

矗立于
3000 米之上的上寺
青草风、马鹿、蓝马鸡
金露梅、忍冬花、枇杷、野菊花
天天朝拜

惊鸣中的尖叫
是杜鹃，还是露珠
半裤角的湿
和那么多灌木的羞涩
我爱的，爱我的，隐藏于时间的缝隙

哈溪，牛路坡

野小孩草莓，尚未打出一盏盏秋天红灯笼
草山急急扔出一条细细绳子——牛路
牵引远来者脚印踏入青色
把哈溪雪峰、云水、草甸、灌木、清风、蘑菇
马莲、野狗桃蜂、蝴蝶、新鲜牛犊
一一掏了出来

香荼儿、小洁脸上阳光复制了芬芳花香
我不是一只小羊
在她们影子的泉水里
悄悄洗去心上尘埃
在生活纠结旅途中
忘记自己

草　原

一只羊在草原绿磨石上
一遍遍打磨自己，磨得越来越白
一群羊，贴着草原的云朵

一匹马是草原
喝净了积水里的雪峰、松林、阳光和一片蓝天

一个人是草原
他身体里马莲开蓝花
溪水唱山歌
埋下一堆堆草籽和青春

来的人
跌进草海
溅起青草波澜

祁连大水上寺，访喇嘛不遇

磕着长头去了青海，西藏
是山中采药
还是云游

无人，无踪，无迹
风扫地，鸦念经，荨麻看门

我心中寺院
挂唐卡
一碗清水
一盏酥油灯燃烧尘埃
晾晒羊皮经卷

山冈上背对雪山的女人

背对生活和人群
她用雪山、云朵银子交换自己
心站着，无桃花面容
深陷青色暮晚

雪山镜子里找到走失多年的自己
此刻，泪水羊群满山奔跑

两座山峰
在我眼里，是爱情神女峰

雪山眼里
她是另一座自己

在柳条河村

双洞桥
村庄带着的一副眼镜
泉水流淌
看见羊群、青山、青稞地、路人

黄昏，一只小松鼠
提着一筐麦穗
在来往人群中
有没有他要等待的人出现

柳条河汽车站
白杨木廊檐
已经腐朽，垮塌
一天一趟班车
三五个人去了远方
一两个人回到故乡

柳条河水库写意

柳条河水库模仿青稞地、豌豆花、蓝天、草甸、羊群、云朵
在行走的车上，我感觉水库在动
青稞地、豌豆花、蓝天、草甸、羊群、云朵都在动
唯有我一动不动
这样的错觉
面对大自然
我根本没有正确答案

写生之柳条河边的养蜂场

有几只在柳条河挑水
有几只在土豆花上扫雪
有几只在青稞上收集露水
有几只飞过草甸，穿过松林
有几只湿着翅膀，在太阳下晾晒
有一群围着蜂箱和养蜂人
清晨，摇蜜机和我就这样遇上甜蜜

祁连山中，土塔草原

一只羊，一群羊
立地成石，月光白，在忍东青草甸

藏獒看护着一户人家庄子
石头圈窝、湿牛粪
拴马桩和铁链子守着它

青草风溜进土塔供销社
又空手走了出来
美少妇趴在柜台上睡着了

在我窥探的这段时间，
没有人来过，
草原包围中，陷入无边宁静

土塔天池，草原眼睛
阅读祁连山春夏秋冬
风霜雨雪、寒暑来往
呢嘛堆前
几个人码放石头
几个人在转圈

西营河边的土豆

我没看见蜜蜂从白色土豆花上背走蜜
我没看见露水浸泡过紫蓝色叶子
祁连山下、西营河边白胖胖的土豆，从地里钻出来
就要出嫁了，仅有一件蛇皮袋子嫁妆
岁月、人生、日子在我们不经意间照样会走过
许多人、植物、河流、时间都就这样在我们生活里成长、消逝

青海湖或青海

没有方向的人　他从清晨的西面行进
要找到自己都很难
他碰到的一株草　一群羊　牧人　青海湖
似乎都认识　其实这就足够了
丈量自己内心的人　其实是幸福的
能说清楚自己的人是温暖的
爱自己的人　是爱世界的人

钟声响起　宁静我心
红衣喇嘛此刻正穿过西宁
这一切来自心灵的旅程

长头叩向大地和宗喀巴
一个沉默的人
对自己很少说出现时的隐秘

祁连山——母爱诞生的故乡

有一天突然发现
日夜守护我们生活的祁连山
竟然离身心这么近
蘸着雪光读书
全身和心都热了起来
母亲温暖手掌的抚摸

爱竟然这么具体
让一个人发光发亮
让一个人站得更高　看得更远

人生中有些力量是阳光给的
有些是山水注入的
有些是大地和草原支撑的
而爱的力量最重

而爱却是这么简捷和直接　无所不在
是一个人诞生的故乡

夜宿肃南

暮色中的祁连山腹地
这 4020 米就灌醉了许多人
裕固族少妇玛尔简
她的歌声忽高忽低，如我踉跄的步子
扶不住那一堆伤感的人
抒情的人
心思不同的人
突然爱上一个自己恨着的人

经年雪山　松林之风　昌隆河水
让我有些清晰，这是在祁连山中
每个人几乎处在日常生活的顶峰

渭水　祁连山　故乡

渭水的涛声里
我常觉得皑皑雪山就在心里

祁连雪山脚下
我时常怀念渭水带走的脚印

渭水的冰凉
和祁连雪水的冰凉是不同的
我生于陇东，立命河西
我有两个故乡
是它们把我的命运相系

有一次我在梦中听说
“你的故乡就是祖国
渭水和祁连都是她的骨血”

甘肃石窟

麦积山、炳灵寺、天梯山、敦煌石窟
秦岭　祁连　鸣沙的路上

渭河　黄河　黑河
大地湾　丝绸路

唐僧、胡人、西夏
羊皮筏子、皮影戏、河西宝卷
都在他们的浸润中

每座石窟都有自己的方言
每座钟声都有自己的故乡

他们教给我
面对沉重的生活和无奈的命运

学会宽容、沉默和说不

人生和生活的高峰
总是隐入最温柔的部分

霍尔毛藏草原

山之皱纹中
荨麻草隐藏尖锐
隐藏自己无法说出的疼痛

毛藏河的清波里
雪莲洗脸
4000 米的卧狮山上
她独自冥想
喝下一杯杯露水乳汁

察科上师，您的脚印在哪里
流水会把他带向哪里

采药人更登加
从地上取走秦艽、半夏、防风

背篼里的阳光
散发着雪山青草
泥土和故乡的清香

秋日祁连山中

一个老人的故去
落在祁连山上的雪
下在亲属心里的雪

而天梯山石窟大佛依旧平静微笑
而黄羊水库蓝至无垠
而草鱼继续翔于水底
而白杨树为落日铺开半边金黄
而秋天照旧躺在山腹中温暖
……
我只能默对一切
深感世事的不易和季节的无常

对一个熟悉老人的故去
只能洒下一抹泪水

春天的绿皮火车穿过青藏高原腹地

缓慢地
春天的绿皮火车穿过青藏高原腹地
慢得小心翼翼
如那低头的牦牛　悠闲地
啃食高原阳光　蓝色空气　雪山光亮

不忍心，让节奏改变
天鹤的故乡　格桑的梦　打瞌睡的鹰
几乎可以遗忘　就和记住一样

今年的春天，在没有来临之前
已经驶离玉树　远去

香烛　经幡　转经筒　超度的法号
把疼痛减轻

春天的绿皮火车缓缓穿过青藏高原腹地
长鸣中，他在喊出那些不会应答的名字

印象志之德令哈

旅途金黄
油菜花香

蜜蜂抱紧黄昏甜蜜的驿站
和青海落日

芦苇环抱：尕海湖
草原、牧场、祁连雪山
和三只灰鹤

我写过信的一位少女
她并不知道，就在她西部偏西的村庄
我恍惚而不知所措
其实，我心里记住的还是多年走失的宽阔

只需要一只鹰
那么，我整个德令哈的行程
必将无话可说

印象志之香日德

班禅寺院的一滴静
流经清晨
和露珠在青稞的家乡

杨树林金黄弥漫
唐卡上的酥油花
放牧雪山之云朵
请和我在转经筒上拥抱相逢

听经，如是我闻
快乐的人有许多忧愁的事情
忧愁的事有许多漫长的源头

是的，我会记住

香日德河藏族小女孩今世明亮的眼睛

印象志之可可西里

寺院、僧人、游客、青藏铁路
您经过的时候
请尽量不要说话

湖泊这么静
草滩正在睡

无人无我无他
有河有月有雪

藏羚羊的乳汁
我希望是
慢的
清的
冰的

一花一世界
一草一阴阳
就是这样，就是这样

唐蕃古道之玉树

“洁白的仙鹤啊，请把翅膀借给我，我不去遥远的地方，转转理塘就回来。”玉树十岁志愿者才仁旦舟唱的藏族民歌。

唐蕃古道
玉树　结古镇　勒巴沟
度母文成公主的路

一头牦牛
满身是土
刚从废墟中完成自己生命的救赎
它的眼睛里藏了多少吨慌乱和惊恐
回首中寻找

嘛呢石、嘛呢堆、雪山
六字真言

酥油桶
还在吗

真经之卷
和文成公主庙会永远在一起

仙鹤借给翅膀
你们也不去遥远的地方
玉树是我家乡

玉　树

玉树，一个红衣僧人
他漫长的疲惫
在青海雪山下，青藏高原腹地

亲人们的疼和痛
需要青稞　酥油　经卷　香灶
和一所小学

今年的油菜花，金黄
还要多远

村庄的孩子，牛、羊
塌掉的寺院会不会复原
时间真会修复一切吗？

比如故乡玉树
雪山下的平静
比如牧场的花儿
会不会用藏语唱出

青海之一

藏族亲友
回族朋友
土族兄弟
和我，这个汉人一同在青海长云的路上

游牧草原
夜宿湖边
朝拜寺院
漫过花儿

他们的方向
就是那座生活的大殿

因为友谊而相连
因为生活而交错

因为青海和我拥抱的空旷
让我由衷地说出：
祖国，我们愿意是您的孩子

祁连山中

祁连山中
一丝清凉之风翻越我内心的苍凉
默对雪山
我仅需要片刻宁静

河西写意

草木边关　长风吹冷
千里走廊　明月彻照
河西鹰鸣胡人骨上的磷火
雪山覆盖住宿寺院的诵经

我踩着驼铃古道
看浑圆落日　起起伏伏在祁连山顶

河西印象志：汉长城

汉长城，颓废的醉酒者
吐出一墩墩芨芨草、冰草、马觅齿
一直爬着，摇摇晃晃躬起身来
他几乎把落日当成酒杯

疾风、沙尘染成土黄的
一节节风雨拽住的列车厢
有可能一生不会再驶出河西雪山小站的黄昏

啃食的骆驼、星星点点的羊
如石头或沙粒或刚刚挖出的羞涩的土豆
那么远　有点虚幻　有点晃眼

牧羊人的花儿，把他们赶了起来
向前向后　向左向右
祁山雪　云一样飘过莽莽大野

我要在秋天静下来

静下来，秋天是合适的，阳光把我一遍遍揉洗
让河流带走尘埃
静下来，和怀孕的田野
山谷之树林

没有人来过和看见
唯有沉默、野花和星空

山寺踏雪

寂静寥无边际
属于雪，属于月光
属于山中的寺院
属于祁连山，属于脚印
属于一个人和另一个人

天梯山之秋

蓝天、雪峰、云朵、赭黄色的山峦倒映
绿水清波
金黄的胡杨林洇染周边水色

一年中甜美时光
和一抹秋日阳光
融入水天

慢下来

紫花苜蓿上一只蜜蜂睡着了
一粒露珠在冰草叶上住宿
一个突厥人
回望黄昏中的祁连雪峰

河流边静坐的我
让暮色一点一点地轻染

明天我们将会是谁

我是问草滩上的野菊花
还是问细腰的蜜蜂
寂静的午后
阳光抹遍祁连雪山
我心里敞亮
不知是黑暗已经过去还是尚未来临

我还是要不停地问
明天我们将会是谁

一条路　一条河　一株树　一朵云　一个爱人
明天是否还会是
一条路　一条河　一株树　一朵云　一个爱人

林中寂静

生活因平静而半径缩小
松林因九月来临顿显简洁

哈溪云影　祁连雪峰　黄昏小河
一只身穿自身光芒的甲虫

我感觉这个俗世外的日子
温暖而有些寂寞

放不下的人和事
离不开的苦和疼

雪山后飘过的藏民花儿
把一切都带远了

凉州记忆之明亮山谷

明亮山谷
铺陈苹果花香
我感到来自真实生活的气息

尘埃贴上暮色
或许就是黄昏的片许沧桑
相近于一个人的成长

西凉河水，忽左忽右
总是偏离了青草方向
一个人在回民的花儿里
醉得满脸篝火

山居八行

炊烟点亮了一天星宿
照我暮霭村庄
照我雪山松林
和香甜清风

静坐内心，苦于冥想
其实我是不善言辞
紧握一茎冰草
感到浑身绿色温暖

安静一·致儿子

渭水流过我清澈的童年和安静的少年
祁连雪山融入平静的波澜两岸

在人世间，有几个词，我竟如此依恋和偏爱
像渭水，比如雪山，还有隐秘

是的，故乡，父亲，母亲
给我准备的人生
每天都在清晨按时出发

安静二·给远方之友

群山村庄
宿鸟是窗

落日，暮色，星空
小径，山谷，溪流

无声无息，凝露为霜
不声不响，紧贴婚床

西　夏

——致西夏文专家孙寿龄先生

温和得如一棵苹果树
开着雪花

西夏背影里的一粒鸟鸣
西夏碑上的一撇一捺

在人生的胡同里倒着往回走
一步　一步　一步
就是他和西夏给我留下的凉州

读史之西夏

黄河，穿过青海、宁夏、甘肃
青草、水稻、湟水鱼，沿途一个个寂静的村庄
他的影子、一灯渔火、一声叹声
都没有漏下

生活中的邻家女孩
穿着碎花衣服、布鞋，土豆一样朴素的笑容
从从容容，和王陵中睡着的人
总有心事的交流

养胖的西夏马蹄
已生锈在历史的芦苇丛、稻田边
留下斑驳之光

党项族人、西夏佛经上的驼铃

带走腾格里箭镟

李元昊和儿媳的爱情
我要用什么密码去打开
历史隐埋的，我也无须说出
在遥远的西夏
那个人的乡音
是不是和长城长得像的西夏文
如此，我还是不能知晓
马背上的猩红嘴唇的秘密

我的忧伤

——读西夏史

土拨鼠掀起的浮土
湿潮松软
草甸疼痛的伤疤

偷袭总是无法设防
西夏的消亡
和党项族的了无踪影

今天从羊皮经卷上
一个探头探脑的西夏人
在祁连山中偷窥
躲藏的眼神
和黄羊水库上的阳光一样飘忽

我听见的只是我内心的言说
我看见的似乎只是镜子里的我

草原退牧区写意

生活在影子中的人
他的笑容隐藏的暗淡
自己无法从花的脸上察觉

一只鹰的省略号
写下草原低沉的叹息
栅栏的伤疤
阻隔了两只羊的爱情
两朵相忘的云流下相思的泪水

草长了是孤独的绿
牧人的歌抚摸过脸
已少了汗水和牛羊粪的气息
夏牧场和冬窝子的遗迹
过了明年，真的就不会再看见了

星空下的祁连山

星空下
祁连山腹地
静坐

青苔爬上衣袖

露水
三个人
马莲草原
我看见他们深深地呼吸

远方积雪
闪着银光
像我爱过的一个人
喜欢不停眨眼
在星空下

北斗七星

落在祁连雪山之顶
七个胡人倒扣的酒盅
七位僧人放生的七只七星瓢虫
七个神的七个方向

吐谷浑、西夏人的秘密和窥探
天上的世界
地上的世界
内心的世界
不为人知的世界

阿灵寺的烛火告诉我：
寂灭一个朝代
只消一口气之间
唤醒一个人世

无须每刻呼唤
一个人最能够隐藏多少秘密
一个人一生究竟能隐藏多少秘密

西凉白塔寺的金顶上
一只喜鹊惊喜地尖叫
打出春天慢车的第一个信号

胡天之雪

胡天之雪
覆盖了村庄、乡村公路、高速、铁道
和一个人心里的暗疾

千里走廊
白银迷眼
阳光破碎

皑皑祁连
更是神秘
无人接近她此刻内心

白雪种下的脚印
退后的——今年的你我
倒退向前的人生

月光让人看不清人世的悲欢离合
长歌短哭
偶遇中的坚持
放弃中的不忍

河西走廊，黄昏

一只蜜蜂金色脊背上
巫师和祁连山秘密交换黄昏

小河末尾，山岗上，一腿独立之鹰
蘸着秋风，清点此生的骨头和羽毛
满脸英雄苍老暮气
和一把泪水

那些河西草原过往的露水
或许，就是今夜胡天之下的星宿
我一次次走过的故乡和村庄

没有什么是苍凉的

没有什么是苍凉的
一个个远去的人
他们的影子还在村子的豁口飘荡
耷拉着眼的门窗
院子里，青瓦上的杂草
喜鹊和麻雀，写下杂乱，始乱终弃的无奈

牧歌，草原
一对对奔跑的爱情
梨花遍地、雪花遍野
留下内心村庄缓慢的幸福

隐藏在我血脉构筑的地图里
鸟鸣、蛙声、狗吠
河流，再也找不到了

芦苇的河岸和一个个去了外省的人一样
几十年了，少有消息

没有什么是苍凉的
只有那颗无家可归的心
和他要寻找的故乡和亲人

远眺素珠链峰

短暂地停顿
一只蜜蜂
一个人的叹息
牧人的雪
从清晨到黄昏
月光漫长的素珠链峰
我的等待会和您的有什么不同

九月，天空和大地隐秘的心境
黄羊河水库柔静的波纹

此时，我和祁连山黛青的倒影
和树林、寺院、群山
几乎没有什么区别

我的生存半径不足一公里
每日却能听到雪山古松的低语

再写祁连三岔村

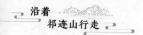

三岔村，我不知方向：
是随风，还是那驴驼的奶桶
是向着雪山，还是山顶上的羊群，还是圈窝里的云朵

白牦牛
我不知宿命
我的脚该通向牧场、草甸，还是那荒凉的土坯房

我无语
我已无法说出，或者想说出那座苍老的寺院和一个翻烂的经卷上的油渍
是一只鹰还是一朵雪莲

深山老林，他们说出的深山老林，含有多少沧桑的意味
有谁记住了自己

有谁不会记住自己

青海、哈溪、丹马
素珠链峰、阿沿沟、冰沟河
马连牧场
南营水库
就这些了，我看到了，他们人生每天的伴侣

祁连三岔村册页

一朵羊，一只云朵，在山坡飘荡
牧人能分清吗，牧人或许能分清
藏獒能拴住吗，藏獒几乎能拴住

住在 3000 米的雪峰上
他们不是人，是神，
牦牛是神牛
雪水是神水
草是神草

我经过，羊的眼角的冰碴
挂着太阳的一粒眼屎

明亮之白
暗色之松

他们紫红的笑容
短暂易逝的雪莲
隐藏在生活背面
没有人能察觉和看见
泪水根子里的中草药
和五味杂陈的日子

鹰无所谓高
甲壳虫无所谓低

空阔远了
雪峰近了
对就是错、黑即是白
山顶就是谷底

乌鞘岭草原

不会再出现在草原的
那宽阔的马匹和晴朗的牧歌
确实没有能说出
马莲的来路和去处
蜜蜂的今生和来世

有这样和那样多与我有关的秘密
我都无法知悉

应该让我静下来
抱紧草原紫色

应该让我慢下来
细数一天星宿

西大水林场的护林员

他的眼里只有雪峰、松林
流水、鸟鸣

如同山中的寺
如同寺中唯一的僧人

这种持久的沉默
在雪山、森林、河流的源头
暗绿或黛青

古城塔儿湾西夏瓷窑遗址

火炼的、水浇的、泥铸的
西夏
一片片，一片片，碎落月光
无法拾起、拼接、缝合
一个看不见的帝国
留下青花瓷、红花瓷上的土腥

那么多痛苦，那么多隐忧，那么多伤痕的纹路
隔着西凉河和金塔寺院

有些虚幻，有些迷离
骑马而来的信使
没有找到投递驿站

祁连山后黄昏

他带走庸常日子，匆匆消失

一个人，一片叶子，一只蚂蚁
几乎就是自己需要珍惜和爱的时代及王朝

哈溪桌子台山顶远眺

青稞、土豆、小小昆虫
寂寞老人
群山皱纹里，隐含平静和安宁
只是为了生活而生活
和我脚下举起湿土的蚂蚁几乎没有区别

远处，好像雪就是雪山之顶
近处，却有那么遥远距离
云水之水
胡杨林
羊和马
和清晨露水里的悄无声息

一位或者几位老人
被寂静拥抱和收留

在雪山脚下

清洁人生
每天从清晨开始

哈溪一夜

那个白衣媳妇
或者少女
脱胎于雪山

她妖一样的方言
在哈溪深夜
喊出我的名字，该让我有多惊讶

还能梦见的是
吐蕃雪山营地
毛家庄　水泉山　夹道沟
茶岗　尖山
云杉　山杨　柏树　桦树
蓝马鸡　黄羊　马莲
深山老林中没有污染的风景

和他们覆盖的
一天天平静等待变亮的祁连雪山

寂静·南营水库

青咀村，西夏村庄

星星关紧了窗户
月亮打着灯笼去了远方
一只只狗进入睡眠之乡
没有马嚼夜草

如果远去的喇嘛不在黄昏出现
新婚的夫妇放弃私语
南营河畔的弘化公主
不说出婚姻和战争的秘密

南营水库就等于寂静

清晨，哈溪路遇挑水的老人

挑水老人　两个松木桶陪伴
和一条白亮的路

他把雪山挑进
院子、花园、水缸
如此清凉纯净
这雪山露珠
唯独他们才有资格提取

缓慢
在他们身上
如那清晨阳光慢慢
刷过雪山、松林、草甸

那些鸡已起床

几只鸟儿穿梭
湿润空气
总是让每个来临的日子不疾不徐

清晨，哈溪见闻

清晨，一汪雨后积水里储藏白云和蓝天
倒映着写下他们真实的影子，他们的生活
而白云和蓝天里
有没有那一潭平静的雪山积水

灯山村的凉州民歌
把寂静扩大到雪山边缘

雪水、松林、草甸、胡杨林
石头坝
车前草、黄花辣、羊羔花、苦苣
一条马莲路固定了命运半径的小羊羔
向我扑闪着两粒露珠

清晨雪山大静
窗前雪山之影

祁连林场之青羊寺

青羊寺收留了雪峰、白云、羊、夏营地、青海云杉
青羊寺送走了冰沟河、鸟鸣、马莲幽蓝、嘈杂游人

留下寂静
寺院之钟
留下念想
三姐妹峰

寻隐者不遇
寺院也无僧人
什么都没
只有清凉雪白
和绿风在吹

祁连林场之马莲滩

雪山村，冰沟河
水里爬着青石头

众人如蚁
匹马粒粒
马莲及膝

尖锐荨麻，暗藏冰草丛中
满身红肿的小女孩杨阳
哭红了鼻子，搓揉着，说草也会咬人
是我们面临的生活充满未知矛盾

采柴胡和半夏的少妇
和金露梅花儿远远地开了

围栏隔开了草场
隔不开伸过头来拥抱青草的初恋
隔不开马莲滩一坡蓝色的洇染

雪山淡远
河水潺潺

人生无常
生死辽阔

秘密·祁连林场

毛老洼沟：马莲丛和芨芨堆里
一团阳光追逐另一团阳光
和雪山映照下的
粒粒云的、羊的、马的尘埃

我反复摸不到冰沟河响彻的涛声
水流却带走了温热的心跳

松林沉默，人沉默

他们的秘密
石头上开花的苔藓
累积之暗青色
护林员张爷脸上的老年斑

隐藏群山中的寺院和小庙
那里住着神仙和爱人

凉州雪

晨起。凉州雪。没脚。人稀。
夜行人，侠客，隐居胡人
白宣上
盖下各自饱含秘密的印章

茫茫海藏寺院
独立一片月光之上
大师释理方窗棂泼出一方《心经》灯光
三个黄袈裟小和尚扫雪、逗笑

海藏湖水
不会轻易说出寺院和人世出口与入口的钥匙
我只能在外门轻轻绕开
在凉州雪里原路返回天明

凉州之西夏碑

传书者，背着水囊、牛角号、罗盘
缝在衣服里的密信和兴庆方言
潜入巴丹吉林暮色

此行，他要躲开营盘、烽火台、长烟、蒙古人、亲人、故乡
沿着红柳墩、芨芨草、骆驼踪迹
紧跟天狼星行进

在凉州高沟堡埋伏，等待出击
西凉河亮了
祁连雪峰亮了
天梯山石窟钟声亮了
路遇的新娘亮了
整个春天亮了

星夜赶到凉州府

李元昊家的天塌了，西夏在大漠边缘如一粒露珠匿迹

皇上江山乱

探子路走断

他把乡音一层层拓上石碑

藏在凉州

藏下隐秘、藏下党项

秋日，天堂寺

秋天胡杨把金箔贴满天堂寺

转经筒的
黄教的
唐卡的
酥油奶茶的
藏人的
甘肃和青海的方向
是天堂

种下菩提的人远去了

清晨，青海互助大通河畔

两位少妇
清扫露水和湿润清风

大通雪山河水
每天细细清洗青色石头
却无法洗去大自然脸上雀斑
黄色锈痕和青苔依然留给浅蓝色清晨

这空旷涛声
一根根木楔
缓慢砸进冥想身体

北山晨雾和薄雪
让我回到现实生活
沉湎于俗世

青海道中

青海道中，经历三个季节
夏：土豆花儿开得白，燕麦青青舞
秋：青稞归仓，红桦脱下裙装
冬：扯下白云，披在祁连山顶

我在水彩画中行走
胡杨金黄
枸杞染红山坡
青海云杉头顶黛青
瀑布和雪峰挂白

少女笑声
儿童欢叫
一只鹰
牧人冬窝子要用什么颜色写出

青土湖九月

如果在腾格里沙漠垂钓
不加上青土湖、祁连雪水、黄河

如果沙漠里天鹅翩翩
不加上青土湖、十平方公里湿地、芦苇

如果红嘴鸭把沙漠当成故乡
不加上青土湖、小小海子、水镜子

而这会儿，沙狐像串门亲戚抱走西瓜皮
没有任何畏惧

人守护、深深爱着大自然
婆婆和儿媳适应对方，融为一家

向大自然致敬

拥抱大自然和茫茫芦苇兄弟

突然遇到的静

晨起，突然遇到静
横跨甘青两省小镇寺院
和一条人生河流

故乡是草原、露水、树荫

群羊云朵飘过
草甸坡地

一只鹰背着蒙古大汗孤独旧伤
向清晨张望
祁连雪山茫茫

听雨凉州

凉州春雨把细腰蜜蜂悄悄送回蜂箱之家
丁香花甜蜜留驻西夏大院
雨洗竹叶青青
举着铃铛的牡丹低头含羞

时间都到哪儿去了
钟表长城的烽隧狼烟上生活着
滴滴答答，清晰可辨，陷入茫茫无边人生
雨线根根穿过针眼胡同
和半醒少年

芦苇战士藏在天马战车后面
雷台观，鱼贯而出，突然举起刀枪剑戟

祁连山，先是暗，尔后青，继又黛
被凉州雨推得比雪更远

凉州天梯山石窟

祁连山腹地磨脐山
远远地镶嵌着几块历史黑铁
间或是山之灵魂眼睛，山之窗口
凉州石窟、天梯山石窟，也叫大佛寺、广善寺

黄羊水库镜子
堆积
山顶雪、坐佛、村庄、胡杨林
却照不透一千六百年东晋十六国北凉天空
照不透西域高僧和三千僧人

凉州佛教徒匠人昙曜
开凿佛教大运河流向中原大地
把故乡搬迁到异乡
在异乡钟声暮色里热泪盈眶

龙门、云冈石窟、昙曜五窟
印满凉州气息和凉州温度
和两百年之后的敦煌妹妹

佛教清油灯
向东向西依次点亮

凉州会谈

蒙古大汗铁蹄跨过大草原、中亚、西亚两河流域
穿着铠甲飞鹰也跟不住弓箭脚印
也无法辨清帝国清晨露水和黄昏落日
历史画轴上狼烟滚滚，扑面而来

此刻，西凉王阔端，目光正穿越青藏高原
吐蕃萨迦寺院唐卡、酥油灯已不能确保雪山佛国安宁和平静
上师萨迦班智达和他的侄儿八思巴、恰那多吉，红衣僧队
骑马从吐蕃出发
穿越三江源、青海湖、乌鞘岭、张义堡漫长风云
1247 年到达西凉府和阔端签下盟约
蒙藏的手紧紧握在一起
护佑生灵、祈求世界平安的《萨迦班智达致蕃人书》从这
里诞生

远离故国，在新家园，在大河驿幻化寺
讲经弘法、滋养众生
在金塔寺、莲花寺、海藏寺
都留下他和佛的影子
直到今天我时时都能感觉到这个慈善老人的气息

祁连山雪

山寺空静
青黛隐约，是瓦和松枝

几粒脚印
不知所踪，是人，是兽，是神仙

天地水墨
悄无声息
我目之所及，一山月光茫茫

祁连山之朵什寺

一个人空着，一次次磕下长头
在朵什寺院轻轻卸下自己

唐卡、酥油灯、转经筒
让他并不孤独

山坡下、大象、猴子、兔子、鸽子、雕塑
空茫山谷里
让俗世覆盖

仁波切多识活佛
中秋就要回到故乡

隐居祁连毛毛山

说到隐居，我想到远方母亲
同行妻子，问如此偏远
马场村居民日常零星用品如何购买

有我这么多隐居者
寂静山林和草原
会成什么模样
太多人间烟火和气息
还是放弃幻想
还是让这里鲜有人迹
还是让这里继续封闭
还是让这里远离尘世
还是今天观暮晚落日把白牦牛和牛群赶进夏营地
还是明早看晨起鸟鸣把露水和鲜花洒遍阳光草尖

很久之后，我不再重来
深陷回忆

赛什斯印象之东大寺院

一口钟喑哑，只说出青苔和尘埃

深眼窝红衣喇嘛
一言不发，不忘初心，眼神飘过松林和山岚

坑坑洼洼青石板路
一棵蒲公英从缝隙中挤出来
绿得鲜艳，黄得灿烂

砖碉、木格子窗、酥油灯、水壶、煨桑炉
沉静山中

两墙大唐僧人西天取经壁画
矿石颜料已经变老

寺院寂静，很少有人来过，我也沉默
阳光、牡丹、月季在后寺保守秘密

堪加活佛，云游何处
去了肃南、古城寺、华藏寺
其实人生就是许多缘分
见与不见并非定数

祁连山之西沟顶

立于西大滩草原西沟顶
我背靠棉花云、樟子松林，雨水冲白小径
一只蝗虫马达
被寂静没收
玉喜堪兆寺前一顶顶帐篷
不甘落后甲虫
也打出一顶白蘑菇
煨桑轻烟漫过草原、帐篷、白塔、西大滩、慢慢走向松林

等待摸顶藏族信众
贴着草皮、拥抱山河
在活佛影子里寻找自己和力量

牛角号和经幡指引
我突然好像看到众生
今生、来世和短暂幸福

赛什斯印象之东大寺村

石屏挂雪，白云横跨甘青两省

天祝草场　永登松林
界限远离人间　被一挂炊烟缝在一起
世界上许多事，不是非黑即白

清晨绿、祖母绿埋住鸟鸣
水磨河上，有几只想要泅渡到生活深处之野鸡
正在梳理自己

一只山羊，青稞地边　身披露水
把暮色啃到天明

凌晨五点
牧人和牛群潜入深山谷底

忽然消失的蒙古大汗
和太阳一起
在山顶闪现
点亮东大寺村

夏玛草原一瞥

草原上
爱美女孩
头顶几朵火柴头狼毒花

小牛犊和她母亲亲昵
照相的、惊叫的、欣赏的
与她们无关
甩着尾巴
慢慢把黄昏草原吸进身体

远处朵什寺钟声小马车
让草原湿、松林绿、暮色雾
似乎挡在路上
我们走后，会不会到达

草原上

当我们准备爱这个世界时
先从这片草原和自己灵魂开始
如果爱这个世界
要爱甲虫、野花、溪水、桑烟、经幡、寺院

西大滩草原玉喜堪兆寺

我来寻找草原写信者
先是小滩河挡住方向
后是石门峡埋没路途
显然——这世界已很少有隐秘存在

两个从拉卜楞寺修行多年尼姑
来草原深处修建玉喜堪兆寺（汉语名：智慧空心寺）

常羊吉卓玛，紫外线抹满双颊
淹没人群中
和华藏赵老师接待活佛、接引信众和远方客人
她曾经不停写信
把信仰、把玉喜堪兆寺、把大山、把西大滩
寄给我们

土观活佛
没有污染眼睛里
是茫茫草原和雪山

十八里一带油菜花开了

祁连雪山，生下十八里水库女孩
她身穿一件金黄油菜花衣衫

紫色土豆花、白色大豆花、红白相间蚕豆花
挤出自己颜料
涂抹小山村、溪流、鸟鸣、狗吠、山坡、草滩

蝴蝶和蜜蜂
是水粉画里流动之色彩
他们——此刻，无力搬运花海

秋天和一位养蜂人交谈

豌豆花、土豆花、油菜花……都谢了
唯有野菊花和金银露梅还在少少地开

该换地方了
他说还有松林，还有草原藏着的野花，还有山顶雪，还有露水
还有媳妇，还有一儿一女，还有青稞

秋天了
该收拾去南方
寻找更多花儿和甜蜜
只是这个故乡他总是背不动
牢牢拴着自己

山中慢

——访赛什斯小镇

慢的流水、远山雪、湿鸟鸣、山谷回音
皆如此

让青苔黏住了身影
在绿中拔不出双脚

月光初乳
乘坐蜗牛班车
很久、很久
幼童一直张着小嘴

露水机场，蜜蜂沉睡
东大寺院和我隔着一个清晨

悄悄端出一盒盒颜料
金露梅和银露梅要写下山中日子

凉州饮·怀故人

寂静祁连山雪
月亮白、梨花白、初吻白

隐秘之后一盏乱世酒杯

白衣菩萨英雄剑
人生疆场大凉州

与我相饮一瓶烈火
与我醉着两身爱情

仰望一斗星空
是我人生碎银

端午节与诸友游莲花山

祁连莲花山脚一带紫花苜蓿开了

草棚下，一匹马
静静张望，雾霭山顶

史书记载：寺院道观十八处、九百九十间
而今，道教、儒教、藏传佛教、汉传佛教
瓦砾遍地、青苔覆盖

萨班妹子索巴让母白衣菩萨
一枚脚印留于石上，藏一汪清水

沿石阶而上
那花花草草还是百年前之花草吗
那虫鸣还是曾经之鸣叫吗

唯哑巴道士清澈眼睛
钟声依旧

岩石上挂着山羊
如一朵雪、一抹云

立于宝塔金顶
我感觉世界这么大
凉州如此小

西凉雪

梨花落尽，今夜何处觅踪迹，只挂一山雪
牡丹层堆，又是一年春至，不堪回首往事月明中
天涯路，来时近，去时远，伊人瘦，皆匆匆

我仰首，祁连山顶雪，年年相似却不同
问苍松，问炊烟，为何铺下半坡草原

童子穿梭，师父采药，恍若千年
唯寺院，安静如初，钟声长满青苔，湿滑露水安守山门
朝暾初绽，金黄人间

丝绸的路

月光洒在祁连雪山上，这不是柔软丝绸

我酒杯中的月亮和故国，有一丝漫长忧伤，那么遥远，却好似驼铃声声，穿过命运疆场，住宿身边

看不见自己，看不到前生来世，只是茫然中向前，一直没有停息

静寂之夜，埋藏的，后来者还捡拾

如我把月光丝绸今夜裹满全身

清晨还要就着露水，在芬芳中一路向西

西夏公园之月夜

月亮把我暗影揉进湖冰
配上一朵花，冬夜的、白雪的
迷离而恍惚
——这是西夏之夜

假山亭台上
两具醉着爱情声音
搅动夜色和我
——这是真实人间

我走过，一切不复存在
只有西夏寺院紧闭门扉
关住一院月光和诵经
——这是人生路上

磨脐山草原

流水推动祁连山中石磨
春夏秋冬四季不停
磨出清凉雪、雪白云、花香、鸟鸣
松涛、风的呼唤、绿草甸
一如人世
在看见和看不见时
时时向前
一直和命运拼搏、较劲

祁连山行之青峰岭

羊肠小道相继牵出
沿途山径、雪水河、旱獭、胡鹫
杜鹃、香柴花、金银露梅、枇杷、中草药
红寺
全都缓缓落在身后
让山神看护

让我顿感时间沧桑和自然神秘的是
一抹绿苔
和山中半天遇雨四次

阳光薄雾隐现
青白祁连
露水、雨珠缠绕花的草原

青海雪山下
绿色松林和白云羊群
闪着银光

阿柔草原

清晨，一匹马是草原
它收净了积水
储藏雪峰、松林、阳光和星空

一个异乡人
他身体里马莲花盛开到孤寂之蓝
溪水和山歌流经命运江山
埋下一堆堆草籽和青春露珠
埋下刚刚萌生爱情之甜

磨脐山草原之夜

一波绿风
把一群寂静赶向雪山之巅
幽静山林背影是那么落寞和孤单

我已看不清河西走廊
我也看不清祁连雪山
只有内心苍凉漫长辽阔
覆盖短暂停留旅途生活
此刻，草原比我还要平静

暮色恰好掩埋
所有阴影

群山之巅

群山之上
是积雪、阳光和金色尘埃
以远或深处
有我们未知的生活、
人和事、动植物、山河……

匈奴、羌人、西夏人
以及和我饮下月光朋友
脱下脚印和身影，悄然远遁人间

气息相通，却从未谋面
有缘才相识相见
无缘，洒落群山

山居图

——雪山脚下有人家

云山？雪山？淡青的白
是我家游荡炊烟，铺满沟壑，挂上林梢
屋后溪水带来山中岁月
一天天淘洗童年、少年、青年寂寞

艾叶茅屋，露水打湿石径，一位僧人，是我自己
祁连山之一枚草籽，隐入密林深处
安静、寂静的窗子始终让山林紧紧关闭

谁？怎么能？住进雪山内部，拥有一山白银、云朵、阳光
白花土豆，蓝花胡麻，他们都有漫长的秘密
马莲在一只蜜蜂的恋爱中忘却自己
其实有许多人，在丢失自己的故乡，和那些白，和那座月亮山冈

祁连山，扎西家的三次搬迁

三千米之上童年，在磨脐山腰
石头垒窝棚

抛石绳，神仙，动植物，牛粪饼，马鞍，木栅栏门
还在山中

搬迁时交给了祁连雪山，交给了云朵
交给了鸟鸣，交给了清风
交给了松林，交给了露水

一辆废旧摩托车
把钥匙托付给门顶
锁住山中日子
留下青草、野鸡、獭鼠……
石头老年斑、融金落日、星辰暮色

曾经故乡

故乡就是行云流水祁连
故乡就是涂满绿色磨脐山

做一只山水中的羊是幸福的

在祁连山草原
做一只羊是幸福的

披着山岚
喝雪山水
吃露水草
听松林打口哨
陪溪流弹琴
领牧人唱歌

拥有花的草原
金色牧场
星辰和白云
和没有一丝世俗的大自然

在一座寺院里看见自己

在祁连山腹地的
一座寺院里看见
清澈童年，明亮青年
轻轻敲打月亮门环

哈溪草原
青羊河上游
一个人返回黄昏路上
远远地看见寺院钟声马车上坐着自己

哈溪草原之夜，一弯银簪挂上天空

暮色掐灭落日之灯
草原绿风
静悄悄穿过每座灵魂和身体

无人知晓，羊群叫声和鸟鸣
出自哪座山岗

天空突然托出一弯银簪
这个世界顿时有了薄凉味道

夜色把牧人拴在
寂静深山
他用沉默表达对万物之爱
对于人世一切
他不会再怦然心动

暮秋辞

暮秋，披挂薄凉露水和薄凉星光
黄金落叶、浅草、羊群、大雁
各自匆匆归家，些许悲伤洒入秋风原野
能隐藏的悲伤或许不是悲伤
灌木炊烟已经把它带入暮色
弯弯吹散
明天它又会在哪里出现

故人不见，或已遁入深山
宽阔和平静
是否可以容纳人生爱情
山河色彩调浓
生活放缓速度

我要寻找一座神庙和寺院

安放野菊花和蜜蜂毒刺

减轻心中重量

换取您我苦痛

祁连山下，我等待清晨再次点亮雪峰

迎春花，提着一桶桶鹅黄水粉
清晨，蘸着走廊阳光
画出一粒粒小小蜜蜂
带着河西春天
草原和露水低飞

这让我看到不一样的世界和人生
让我感到纯净其实才是生活之主色调

我等待清晨再次点亮雪峰
让故乡苏家坪
看到这盏远方灯盏时
慢慢就会想起我童年样子

山河替我爱了的爱

我似乎看见，您体内篝火，从没熄灭
把温暖灌满清晨和黄昏山谷
一条条乡愁小径
抹去西部黑夜寂寞

我在马头琴上走得如此忧伤
您在星夜牵着月光

我说不出口的爱
山河替我爱了

我爱浸入身体山河的万物

不更世事时，我不相信命运
临近天命之年依然如此
我只承认
内心草原空阔和平静
山水林田湖中
存在一切生命

雪山银子
草原露珠
指尖阳关
芬芳蜜蜂
浸入身体山河
动植物为我遮挡了所有苦和痛

我若爱怜万物
便是人间无病

秋日草原诗

我不知道这些花草树木
想要什么样的生活
这个凉爽之夜
他们脸上涂满星光和蛙鸣

心如静水
秋日静水
这在波澜日子中其实很难做到

未来不可捉摸
无人拒绝流水

喜鹊第一个拉开春天的帷幕

天地总是留下对万物的恩赐
总是让雨水扶起睡醒的青草

绿叶篱笆，围起树上寺院
住着喜鹊菩萨
她第一个拉开春天的帷幕
亮出星辰、河流、田野、雪峰

在村庄里，更多时候和父老乡亲交换沉默
清晨诵经，黄昏修行

骑着纸马巫婆
一碗凉水中，三根筷子矗立
这是我雪山之下春天唯一听不懂方言
除了喜鹊和神仙

凉州短歌

山谷辽阔
没有暮色和雪

月亮银碗
盛下一杯杯篝火
浇灌进我身体
引燃人世山河

一把古筝弹伤了自己
久久等待一个西夏人
从薄凉明月和露水中归来

大雪满弓刀
泛黄羊皮经卷上已生出隐秘苔藓

故乡雪

——给古马

他在兰州的雪里，写下凉州的雪
祁连雪山下，我写着陇西的雪

河西的雪，河东的雪
都是下在甘肃的雪

故乡的雪才是雪，一直下在心里
那么白，梨花的、月亮的
超过任何地方雪白

天马湖冬天的三只白鹭

雪山背景下的三只白鹭
一腿独立冰面
练习平衡生活

芦苇、垂柳、蛙鸣
已被安置在冬天之外

我在想，他们会不会把自己从西部搬到南方
许多天，我看见
他们交颈、耳语、低飞、爱着
温柔以待这个世界
他们的白是青春、是云、是雪、是他们爱着的自己

河西，海藏寺春天游园

河西春天，像个没有秘密的女孩
总是藏不住一点爱
所有心事
我都能猜到
她把牡丹、芍药、蜜蜂、蝴蝶全都端出来
一院子幽香穿径
暗香盈袖

我悄然经过
塔铃摇动寺院寂静
它把春分花香带向祁连雪山一带
我看见松林和草地也绿了
祁连半山黛青
山顶更亮

雪山下，一个人几乎拥有了整个星空

祁连雪山，吞下一粒粉红落日草珊瑚含片
沁凉和酥麻
这是我对生活的直觉和切身感受

今夜，穿行雪山腹地
一个人几乎就拥有了整个星空

此刻，秋天佩带霜刀和匈奴人寒光
此刻，星辰隐藏了一座座雁鸣故乡

淌金溪流出口
月亮演奏着马头琴的忧伤
和那么多西部寂静星光

涂满星光和蛙鸣的秋日西顶草原

我不知道这些金银露梅、青海云杉
想要什么样的生活
这个凉爽之夜
他们脸上涂满星光和蛙鸣
一如静水
这在波澜日子中其实很难做到
我无从拒绝

祁连山中听清风穿过牛头骨

一头清澈童牛到无力咀嚼山河的老年
今天成为摆放草原的一只埙
云雾、昆虫、花儿时时穿过

清风有时吹出闪电
带着雷雨千条银线
和露珠落在草尖

有时在黄昏里独自低沉幽咽
有时好像和山中神仙低语
有时好像和山中生灵密谈
有时是草原的一面镜子
去者和归人
都看见自己
埋藏在青色叠嶂里

秋风吹响身体铃铛

秋天山谷，寂静河流，远远松林都在等待
金黄中，菊花和胡杨也一样
秋风一遍遍吹响身体寺院铃铛
向远雪喊着一个名字
悄悄地，一遍又一遍
只有一只蜜蜂回头张望
秋天依旧隐藏了人世波澜生活
像什么也没有出现过
像流水带走落花
像群山收回回声

只有秋风一遍遍吹响身体寺院铃铛
他要用青苔换回一个人山顶白雪

黄昏入山寺

野菊，隐藏悲欢或是生存之道
偶尔小心翼翼呈现
小小花朵群山鲜艳

桑烟牵引着一只鹰的风筝
拽住山中一片暮色

钟声覆盖寺院
寂静关上山门
送我悄悄潜伏人间

祁连山下土豆花儿开

土豆白花
是昨夜一朵雪或者云
悄悄溜到山下

躲在不远处
淡淡地开，暗暗地香

一如土豆花儿
和爱本身
绵延祁连山脚

把一朵染进我发丝
陪我沿祁连山行走

两朵相爱土豆花

离得这么近
刚好是一个蜜蜂害羞距离

西凉乐舞

公元 349 年，天竺国使者把凤首箜篌、琵琶、五弦、笛、铜鼓、毛圆鼓、都昙鼓和一支乐队送到凉州。

天籁之音从此扎根五胡之地。

从今天的炊烟中，抽出几千年的乡愁。

还有没有当初故乡的味道，大街小巷、乡野瓦舍之间都飘荡着西域风情之月光。

《隋书·音乐志》载："西凉乐声，起蔡氏之末。吕光，沮渠蒙逊等据有凉州，变龟兹声为之，号为秦汉伎。"

《秦汉伎》，融合了凉州当地音乐、中原古乐、龟兹音乐和天竺音乐，之后更名为《西凉乐》，尊为国乐。

《西凉乐》它分为歌曲（声乐曲）、解曲（器乐曲）和舞曲（舞蹈曲）。

著名乐曲有《永世乐》《神白马》《万世丰》《燕支行》《于阗佛曲》《慕容可汉》《吐谷浑》《部落稽》《钜鹿公主》

《白净王》《太子企喻》。

后来乐器有筝、排箫、竖笛、方响、筚篥、五弦、横笛、腰鼓、都昙鼓、答腊鼓、羯鼓、毛圆鼓、拍板、钹、竽、箜篌、法螺等。

中国历史上第一个歌舞大曲——《凉州大曲》后在长安宫廷站住了脚。

后经多次加工提炼，特别是深通音律的唐玄宗亲自加工整理并将其改编为《霓裳羽衣曲》，由贵妃杨玉环伴舞成为唐代乐舞艺术成就的巅峰之作《霓裳羽衣舞》。

诗人杜牧的《河湟》诗中说："唯有凉州歌舞曲，流传天下乐闲人。"王昌龄在《殿前曲》诗中也曾有过精彩的描写："胡部笙歌西殿头，梨园子弟和《凉州》，歌声一段高楼月，圣主千秋乐未休。"

匈奴、大月氏、羌人、吐谷浑、西夏人在生活战场上祭祀天地、神灵，生活和生命如此瑰丽神秘，上苍的语言由他们传说。

异族、异域的包容、融合，在山水间、天地间，艺术的一只陶罐中。

秘境祁连

溪烟浮动，鹿鸣山幽。

远眺，山顶白云与雪山相叠，晨雾半挂祁连，如黛是云杉，是苍松，是青石，是山峦。

一眼四季，镶嵌镜框之水墨画，在干净阳光里变幻春夏秋冬色彩。芳草青青，马莲吐蓝，金色草甸，雪光皑皑。

采药人背篼里是青山绿水：雪莲、冰草、羌活、秦艽、黄芪、甘草、柴胡、冬虫夏草储藏了祁连山精气，吸纳了祁连山仙气。流淌着柔软、清新，冲洗人世病痛、尘埃和爱恨情仇。

闪电抛石绳，把清晨，把黄昏，把星宿，把白牦牛，把羊群赶回自己石头窝棚。

有多少花儿，满山香柴花、狼毒花，满沟金银露梅，满坡野杜鹃，清香淡远，守着河流，守着草原，守着动植物，守着自己一样寂静山中。

有多少寺庙，有多少神仙隐秘其间。他们有没有痛，有没有伤。我是问自己，还是问那一山冰凉，有爱却要沉默，有恨还要平静，一尊无边大佛，胸中化解一切。祁连山腹地众多寺院，稠密连绵钟声，清洗着积雪、松林、牧场、草甸、尘埃，我。

秘境祁连，每天擦拭生活和我。

云游僧人、红衣喇嘛、巫婆用自己语言和天地、山川交流、交换。

羌人、戎人、狄人、乌孙人、月氏人、匈奴人、党项人、回族人、土族人、藏族人、哈萨克族人、裕固族人、蒙古族人……游牧人去了哪儿，故园，故乡，故国。我多想在祁连山中倾听一次他们不同语言的歌唱。

雪水河石头上黄色锈斑，如唐卡堆绣，如宣纸上洇开之花，是山之年轮，是岁月老年斑。

绚烂宽阔内心，清凉平静人生。

守护祁连雪山

他是祁连雪山下哈溪镇藏乡团结村的第一书记，他三年的任务是把这个村庄的很高贫困，海拔高达 3500 米的贫困，降低再降低，甚至留在团结村的村史和记忆胡同深处。

留下磨脐山、代乾山、七辆草车山；留下哈溪河、峡门河；留下小麦、青稞、油菜籽、豌豆、洋芋；留下金银露梅花、马莲花、枇杷花和那么多叫不上名字的花；留下白牦牛、马、绵羊、绒山羊；留下冬窝子、夏牧场；留下松林，留下草原，留下青海云衫；留下马鹿、麝、石羊、黄羊、雉、蓝马鸡；留下羌活、大黄、秦艽、冬虫夏草、麻黄；留下沙金、岩金、煤、石英石、萤石、铁、铜；留下鸟鸣，留下溪流弹琴，留下白云舒卷，留下炊烟弥漫，留下雪山，留下伸进白云的木栈道。是的，我们和团结村看见了雪山和草原的诗和远方，我们和团结村看见雪山村庄里蔚蓝天空和道路上的甜蜜阳光。

雪山守护的村庄也需要人们出来守护。一条丝绸一样白亮的水泥路，穿过村子，连接着雪山、草原、学校、医院和外面的世界，守护藏乡、雪山、草原、花儿。

第一书记、村支书、村主任，一顶帐篷，一个铁炉子，他们一样在寒风中守着冰冻的哈溪河上的阳光，守着树林间飞来飞去的喜鹊，守着瑟瑟发抖的星星，守着茫茫雪山的清晨黄昏。一河谷的风跑来跑去，一会儿捡起河湾雪沫，一会儿拿走地上芨芨草，一会儿敲打雀巢，一会儿拍拍他们的帐篷，一会儿把炊烟赶上山坡。

没有灯，星星给他们点上月亮银灯。

没有水，砸冰化水，饮下雪山之白。

春天来了，雨水来了，花儿也要开了，扶贫的路上，等着他们。